SOMMAIRE

PAPA'S ASSASIN

SHOOWA

CHAP.1

Quel genre d'amour ?
Maman avait raison ?
Ryu est fils imp
CALL
Acte d'accusation
Ryu est fils important

BONJOUR, REINE KATE.
BON-JOUR.
VOS PRUNES ONT L'AIR DÉLI-CIEUSES.
OUI, CELLES-CI SONT PARTICU-LIÈREMENT SUCRÉES.
JE PEUX VOUS EN PRENDRE 1KG ?
BIEN-SÛR, AVEC PLAISIR !

BONJOUR, TOI.
QU'EST-CE QUI T'AMÈNE ?
C'EST POUR MOI ?
JE ME DEMANDE CE QUE C'EST. MERCI.
OH, C'EST UN DESSIN DE LA VILLE ?
C'EST TOI QUI L'AS FAIT ?

C'EST TRÈS JOLI.
MERCI.
Do_Do
06XX□XXY01
Tu as regardé le document que je t'ai envoyé ?
OUI.
C'est bien ce que je craignais…
ÇA VA ALLER.

Diagnostic
DNA mismatch
der Allen
Allen
Paul m'a transmis ton témoignage, je l'enverrai au gouvernement en temps voulu.
JE COMPTE SUR TOI.
PAUL EST VRAIMENT BRILLANT.
Je lui transmettrai tes compliments.
Bien, je vais envoyer une plainte à Leben-Mur.
D'accord ?
OK.
PAPA, ON PEUT SORTIR AUJOURD'HUI ?

OUI, ON VA S'EMPÂTER À FORCE DE RESTER ICI.
ÇA TE DIT UN PEU D'EXERCICE ?
OH OUI !!
GRRAAAH !
SI ON ALLAIT AU ZOO ?
Tu vas te faire dévorer !
ガ
GRRAAOUUUH
TU VEUX TE BATTRE AVEC DES ANIMAUX ?
YAAAH !
OU COPULER AVEC UN LION ?
J'aimerais bien voir ça...
JE MONTERAI SUR UNE GRANDE TORTUE, JE ME BATTRAI AVEC UN SERPENT GÉANT ET ENFIN, JE PRENDRAI UN PINGOUIN DANS MES BRAS.
Le pingouin a l'air grassouillet.
HERCULE AU FÉMININ.
JE SAIS, JE VEUX FAIRE DU PÉDALO !
T'ES D'ACCORD ?
JE VEUX PÉDALER DE TOUTES MES FORCES !
TREMBLE
TREMBLE
COMME ÇA, JE POURRAI DÉPENSER TOUTE MON ÉNERGIE ACCUMULÉE !
TES JAMBES EN TREMBLENT...
BON, COMMENÇONS PAR NOUS HABILLER.
ON SORT !

*Famille de primates d'Asie du Sud-Est.

C'ÉTAIT LA DERNIÈRE.
COM-PRIS.
COURAGE, C'EST BIENTÔT TERMINÉ !
MERCI.
ASAKO ! IL Y A UNE PERSONNE DU NOM DE SAWAMURA QUI TE DEMANDE.
SAWAMURA ?
OUI.
C'EST UNE FEMME.
D'ACCORD, JE M'EN OCCUPE.

BONJOUR...
JE SUIS AKUTAGAWA.
VOUS VOULIEZ ME PARLER ?
EH BIEN...
Deuxième sortie aux Pays-Bas !
ビーイ BIIIP
ビーイ BIIIP
:ASAKO
Tu devrais me donner 100€ pour chaque embrouille que je règle à ta place.
Asako
ASAKO
QUOI ?!
PAPA
Transfer ASAKO
OH, C'EST ASAKO.
TU PEUX RECEVOIR DES MESSAGES D'ASAKO ?
OUI, GRÂCE AU TRANSFERT.

HAHAHA.
QU'EST-CE QU'ELLE RACONTE ?!
TU NE VOIS VRAIMENT PAS ?
SI, MAIS ELLE POURRAIT DIRE ÇA POUR TELLEMENT DE CHOSES...
T'ES VRAIMENT UNE ORDURE, PAPA.
Pourquoi elle me dit ça ?
AH, ÇA SONNE.
RIIING
RIIING
BIP
ASAKO, C'EST QUOI CE MESSAGE QUE TU M'AS ENVOYÉ ?
Daniel, c'est moi.
Asako m'a prêté son téléphone… Elle ne voulait pas me donner ton numéro.
.....
Tu vas bien …?
ÇA VA...

JE N'ARRIVAIS PLUS À TE JOINDRE ET TON APPARTEMENT ÉTAIT COMPLÈTEMENT DÉVASTÉ...
JE ME SUIS FAIT DU SOUCI POUR TOI.
ENTRE DANS LE MAGASIN ET ATTENDS-MOI.
OK.
NE BOUGE PAS DE LÀ, COMPRIS ?
OUAH !
BONJOUR.
JE PEUX JETER UN ŒIL ?
OUI, BIEN-SÛR.
JE SAIS QU'ASAKO ET MOI N'AVONS PAS LA MÊME PLACE DANS TA VIE ET C'EST COMME ÇA, MAIS...
Allez, vous deux, arrêtez de la reluquer.
Vous avez terminé votre service, non ? Alors rentrez chez vous.
C'est chez moi, ici !
J'AVAIS BEAU T'APPELER APRÈS LE MESSAGE QUE TU M'AS LAISSÉ TU NE RÉPONDAIS PAS, ALORS JE COMMENÇAIS À ME POSER DES QUESTIONS...

J'ai dû quitter le pays avec Ryû pour des raisons familiales et ça risque de durer un moment.
Je ne sais pas quand on pourra rentrer au Japon.
C'est pour ça que je ne te demanderai pas de m'attendre.
Je suis désolé, ce n'est pas de ta faute.
MÊME SI TU M'AVAIS DIT LE CONTRAIRE...
C'EST TELLEMENT SOUDAIN QUE JE NE L'AURAIS PAS CRU DE TOUTE FAÇON.
PARLE-MOI S'IL TE PLAÎT.
.....
TOUT S'EST PRÉCIPITÉ ET J'AI ÉTÉ TRÈS OCCUPÉ...
HÉ !
EST-CE QUE ÇA VA ?
BAM
JE LE SUIS TOUJOURS D'AILLEURS.
IL A DÛ FAIRE UNE OVERDOSE.
OULA...

JE TE L'AI DIT DANS MON MESSAGE, MAIS JE N'AI JAMAIS VOULU QUE ÇA SE TERMINE AINSI.
TU N'Y ES POUR RIEN.
Je t'aime, tu sais.
Mais …
C'est à cause de Ryûnosuke, c'est ça ?
JE ME FICHE DE SAVOIR SI C'EST UNE EXCUSE OU PAS, MAIS...
RYÛNOSUKE SERA TOUJOURS TA PRIORITÉ.

JE T'AI TROUVÉ, DANIEL GAMBLIN !!
Il est au lycée maintenant, il grandit tu sais…
Tu es un bon père.
Mais à ce rythme-là, tes relations amoureuses échoueront toujours.
ATTEN-DEZ !!
Je ne te demande pas non plus d'être ta priorité, mais…
DÉSOLÉ !! PARDON RYÔKO !!

JE TE RAPPELLE PLUS TARD !!
BIP
JE DÉTESTE ÊTRE SI LOIN DE LUI.
C'EST TROP D'EXERCICE D'UN COUP, LÀ !
COURS !
VITE, COURS !
MONTE DANS LE BATEAU !!
QUOI ?!
ALLEZ, VAS-Y !!
POUF
HEIN ?!

WHOOSH
AH !
SPLAASH
ALLEZ RYÛ, PÉDALE !!
VA AUSSI VITE QUE TU PEUX !!
OUI, OUI...
Hé, vous ! Vous ne pouvez pas faire ça !!
SUIVEZ-LES !
FLOP
FLOP
TU VAS VOIR GAMBLIN !!

QU'EST-CE QU'ON FAIT PAPA ?
On croirait presque entendre « Au matin » de Edvard Grieg.
C'EST UNE BELLE IMAGE, NON ?
C'EST JUSTEMENT ÇA QUI EST TERRIBLE.
NE TIREZ PAS...
ON VA LES ATTRAPER.
OUF.
C'est trop risqué d'utiliser des armes ici.
J'AI ENVOYÉ UNE PLAINTE À VOTRE EMPLOYEUR AUJOURD'HUI !
UNE MOUETTE !
VOUS ALLEZ BIENTÔT RECEVOIR L'ORDRE DE NE PAS ME TUER.
VOUS PERDEZ VOTRE TEMPS.
ET MÊME SI VOUS ME TUEZ ICI, VOUS NE POURREZ PAS VOUS ÉCHAPPER.
J'EN AI RIEN À FAIRE !
TU VAS PAYER POUR AVOIR TUÉ DEUX DE MES HOMMES.
C'EST VOUS QUI NOUS AVEZ ATTAQUÉS EN PREMIER !
NORMAL QU'ON SE DÉFENDE.
TANT PIS POUR VOUS !

ÇA SUFFIT, TUEZ-LE !!
WHOOSH
PAPA !!
PAF
URGH
ZBAM
PÉDALE, RYÛ !!
OK !!

PUNCH
AAAH !
TIENS !
BAM
WHOOSH
GÉNIAL !
CRII
T'ES IN-CROYABLE PAPA !!!
ON... ON...
AAH...
AAH...
AAH...
ON DIRAIT JASON STATHAM !!
Le salaud !
ALLEZ !
À TOI SWERTIA !
GLOUPS

ET MERDE !!
CRII
CRII
CRII
FWAP
!?
GRAB
EST-CE QUE JE TE TUE...
OU EST-CE QUE JE TE JETTE DANS LE CANAL ?
Papa, pourquoi tu te colles à lui ?
T'aimes les hommes mainte-nant ?!
QUOI ?!
PLOUF !
COULE
FIOU

QU'EST-CE QUE TU FICHES, SWERTIA !!
DANIEL GAMBLIN EST UN HOMME TERRIFIANT...
J'AI EU PEUR DE TOMBER SOUS SON CHARME, ALORS JE ME SUIS MOI-MÊME JETÉ À L'EAU.
Ça suffit, rentre chez toi.
PAPA... J'EN AI MARRE DE PÉDALER...
C'EST TOI QUI VOULAIS PÉDALER, NON ?
TU DOIS DÉPENSER TON ÉNERGIE, ALORS TIENS BON !
THOMAS, SI ON REÇOIT VRAIMENT L'ORDRE DE NE PAS LE TUER...
ÇA NE SERT À RIEN D'INSISTER, NON ?
ET PUIS, IL Y A UN MATCH DE BASEBALL ENTRE LES YANKEES ET LES RED SOX QUE J'AIMERAIS VOIR À MIDI.
JE DÉTESTE LE BASEBALL !!!
TRADUCTION
Il déteste le baseball.
Il est Canadien.

C'EST BIEN LA PREMIÈRE FOIS QUE NOUS SOMMES D'ACCORD, DANIEL GAMBLIN.
PAPA
C'EST SURTOUT LA PREMIÈRE FOIS QU'ON SE PARLE.
TU ES FRANÇAIS ?
JE VIENS D'AVIGNON ET J'AIME LES CHAMPIGNONS.
ÇA RIME, LOL.
TU AS DIT QUE TU DÉTESTAIS LE BASEBALL, SI ON FAISAIT UNE TRÊVE ?
VOILÀ CE QU'ON VA FAIRE.
Attends, tu détestes aussi les Parisiens ?
ON VA ATTENDRE UNE JOURNÉE QUE CE FAMEUX ORDRE TOMBE.
MAIS SI ON NE REÇOIT RIEN...
ON TE POURSUIVRA JUSQU'AU BOUT DU MONDE, GAMBLIN !
CRII キコ
CRII キコ
CRII キコ

TU CONNAIS MES COMPÉTENCES DE TIREUR, PAS VRAI ?
ALORS ON VA DIRE QUE TU ÉTAIS HORS DE PORTÉE.
THO-MAS...
JE DÉTESTE LE BASE-BALL.
J'AI MAL AUX GENOUX...
AU MOINS, ON AURA FAIT DE L'EXER-CICE.
C'EST QUOI LEUR PROBLÈME...
AAH....

REINE KATE.
J'AR-RIVE.
EST-CE QUE ÇA VA ?
Je veux m'as-seoir !
TES JAMBES TREMBLENT VRAIMENT BEAUCOUP.
LA TENSION MONTAIT...
ALORS J'AI PÉDALÉ DE TOUTES MES FORCES.
COFF
CO

*Enfoncer ses index dans les fesses de quelqu'un pour rigoler.

ANECDOTES

Je me suis rendue dans plusieurs lieux pour dessiner la fuite de Daniel et Ryû.
Comme mes capacités en langues étaient limitées, je me suis fait beaucoup aider par les habitants pour comprendre les caractéristiques des quartiers de Berlin. Un grand merci à eux.
Dans le chapitre 13 sur Amsterdam, la boutique de tatouage que mon assistant a illustrée s'inspire du Tatooshop « Adam A'dam ».
J'avais même demandé la permission d'utiliser le nom du magasin pendant mes recherches, alors je suis contente d'enfin pouvoir vous en parler ! Le patron de la boutique (j'en déduis qu'il s'appelle Adam) n'était pas originaire des Pays-Bas et sa langue natale n'était pas l'anglais, alors il m'a gentiment raconté son histoire avec des mots simples.
Je suis très heureuse d'avoir eu la chance de rencontrer autant de personnes pendant mes voyages solitaires à la recherche de matériel pour mes histoires. Tous ces moments uniques passés à discuter ou à déjeuner avec ces personnes resteront gravés en moi.

Je ne suis allée que dans deux restaurants toute seule à Amsterdam et les serveurs venaient toujours me demander si ça allait bien ou si le plat me plaisait pour me tenir compagnie. Au Japon, il est normal de voir des gens manger seul au restaurant le soir, mais en Europe c'est plutôt rare, alors je pense qu'ils s'inquiétaient juste pour moi. Désolé pour ça, merci pour votre gentillesse ! Je me suis régalée !

Mon quotidien en voyage

En général, je prépare mon petit déjeuner moi-même avec les ingrédients du supermarché, mais je vais parfois au café. J'achète toujours de quoi faire des sandwichs, des fruits, des légumes, de l'alcool, de l'eau, du lait et du jus. Je vais rarement au restaurant et préfère la nourriture à emporter.

C'EST UNE HISTOIRE VRAIE !

En vérité, le bruit était beaucoup plus sourd, comme quand on heurte quelque chose de très dur. Adam a apporté de l'eau au passant et lui a demandé s'il n'était pas blessé. Quelle gentillesse ! Quelque peu sonné, le garçon s'est relevé et on a découvert avec surprise son menton parfaitement et profondément fendu ! S'il vous plaît, faites attention aux excès !

J'avais toujours avec moi des assiettes en carton, du cellophane et des couverts en plastique. Quand mon logement avait une cuisine équipée, j'utilisais les ustensiles qu'il y avait sur place.

Mon voyage à Amsterdam datant d'il y a huit ans, je me demandais si la ville avait changé, alors j'ai regardé des vidéos récentes sur les réseaux. Elle était toute aussi belle et vivante ! Adam ne se souvient sûrement pas de moi, mais je le remercie pour ce moment unique que nous avons passé ensemble ! Instagram Adam Adamov (@adamtatto07)

Les couteaux donnés dans l'avion peuvent couper une orange.

AH
AH
AH
AH, J'EN PEUX PLUS !
C'EST BON....
AAH !
UFF
UFF
AA AH !
BAM

CHAP.2

T'ES DÉJÀ FATIGUÉ ? ON N'A FAIT QUE LES ABDOS !
TANT PIS, J'ARRÊTE LÀ.
ENSUITE ON VA FAIRE DES POMPES...
UFF
ET DES SQUATS SUR UNE JAMBE.
UFF
HÉ...
TU DOIS REGARDER ATTENTI-VEMENT.
C'EST CE QUE JE FAIS.
ALORS FAIS-LE.
PAS ENVIE...
ÇA N'A RIEN À VOIR.
ET PUIS JE NE CHERCHE PAS FORCÉMENT DES MECS MUSCLÉS...
SOUVIENS-TOI, TU AS À PEINE PÉDALÉ QUE TES JAMBES TREMBLAIENT COMME CELLES D'UN NOU-VEAU-NÉ.
Allez !!
Courage Ryû !!
ON MANQUE TOUS LES DEUX D'ACTIVITÉ, ALORS UN PEU D'ENTRAÎNEMENT NE NOUS FERA PAS DE MAL.
ON S'EST FAIT COURSER, ALORS J'AI DÛ FOURNIR UN EFFORT INTENSE...
C'est parce que tu as eu une page en couleur que tu as commencé la muscu.
Alors pas de com-mentaires.

SI TU FAIS TES SQUATS, JE T'EMMÈNERAI À L'AQUARIUM OÙ IL Y A DES PHASMES FEUILLE GÉANTS ET DES REPTILES LUISANTS.
LE FAMEUX AQUARIUM OÙ IL N'Y A QUE DES GRENOUILLES ET DES INSECTES À PARTIR DU PREMIER ÉTAGE !!
Il n'y a des poissons qu'au rez-de-chaussée.
EXAC-TEMENT !!
Nous avons quitté le Japon il y a sept jours.
UFF
UFF
Heureusement qu'il est passionné par les animaux.
Je ne sais pas si ma demande a fonctionné, mais nos poursuivants semblent avoir abandonné.
LA PRO-CHAINE FOIS QU'ON SE VERRA, JE LUI RECOM-MANDERAI DES KANJIS BIZARRES À SE FAIRE TATOUER.
On arrête de vous poursuivre. Le kanji pour le mot assassin est stylé. Je suis triste et en colère. Thomas
Voilà le message écrit en alphabet japonais que le Hitman du clan adverse m'a envoyé (c'est pas mal).
Non, c'est pas cool ça.
RYÔ
AAH...

J'AIMERAIS TELLEMENT FAIRE L'AMOUR PLUTÔT QUE DE LA MUSCU.
Pourtant, le sauvage désir sexuel de Ryû allait atteindre le point de non-retour.
BOOM
PAPA...?
TU ES TOMBÉ ?
NON...
TOUT VA BIEN.

ÇA VA JE T'AI DIT.
JE SUIS SÛR QUE TU ES TOMBÉ.
BRUNO VA ARRIVER À LA GARE VERS 15H, TU PEUX ALLER LE CHERCHER ?
OK !
Daniel n'a pas le moral ?!!
QU'EST-CE QUE TU ES FAIBLE, DANIEL ! TU RELÂCHES TA GARDE MAINTENANT QUE JE SUIS LÀ ?!
TOI AUSSI TU AS VIEILLI, ÇA FAIT LONGTEMPS QU'ON NE S'EST PAS VUS !!
Et Bruno arriva !

HÉ… JE N'AI PAS OUBLIÉ CE QU'IL S'EST PASSÉ AVEC GASPARD.
DÉSOLÉ POUR ÇA…
Tout ce que tu trouves à me dire c'est que j'ai vieilli ?!
MAIS ON N'Y PEUT RIEN, C'ÉTAIT INÉVITABLE.
RYÛ A TELLEMENT GRANDI QUE J'AI FAILLI NE PAS LE RECONNAÎTRE.
C'EST VRAI QUE ÇA FAIT LONGTEMPS.
MOI AUSSI, J'AVAIS COMPLÈTEMENT OUBLIÉ À QUOI IL RESSEMBLAIT…
MAIS COMME IL EST COOL, JE L'AI TOUT DE SUITE RECONNU.
HAHA, MERCI POUR LE COMPLIMENT !
……
JE SUIS LÀ MAINTENANT, ALORS REPOSE-TOI UN PEU.
TU VEUX BOIRE QUELQUE CHOSE ?
DE L'EAU GAZEUSE, S'IL TE PLAÎT.
OK !
TU DOIS ÊTRE ÉPUISÉ.

ÇA FAIT LONGTEMPS QUE JE N'ÉTAIS PAS VENU À BERLIN.
ON VA ALLER S'AMUSER UN PEU.
BACCHI A ENVOYÉ DEUX HOMMES.
ALORS RYÛ, TU VEUX QU'ON AILLE OÙ ?
T'ES DÉJÀ ALLÉ À LA EAST SIDE GALLERY ?
PAS ENCORE.
LA LIGNE POUR BERLIN-EST NE FONCTIONNE PAS AUJOURD'HUI.
PAS GRAVE, ON TROUVERA UN AUTRE MOYEN POUR Y ALLER.

S'IL TE PLAÎT, FAIS BIEN ATTENTION À...
JE SAIS.
JE NE LE LAISSERAI NI SE DROGUER, NI FLIRTER.
ON Y VA !
CLAC
AAH...
ENFIN...
ÇA FAIT LONGTEMPS QUE JE N'AI PAS SOUFFLÉ UN PEU.
JE VEUX JUSTE ME VIDER UN PEU LA TÊTE.
BIP

Salut Darius, j'ai reçu ta carte postale.
VERS LE MARCHÉ DE HACK.
C'EST DE LÀ-BAS QUE LES SOVIETS CONTRÔLAIENT BERLIN-EST À LA FIN DE LA SECONDE GUERRE MONDIALE.
IL Y AVAIT DÉJÀ DES DIVISIONS, MAIS 1961 MARQUE LA SCISSION OFFICIELLE.
SANS PRÉ-VENIR ?
IL Y A 60 ANS, EN 1961 À MINUIT, L'ALLEMAGNE S'EST BRUSQUEMENT DIVISÉE EN DEUX.
COMME C'EST CALME.
LES ALLIÉS CONTRÔLAIENT BERLIN-OUEST, LÀ OÙ NOUS SOMMES.

*Chaîne de restaurant de viande appelée Ikinari Steak.

C'EST PEUT-ÊTRE AUSSI POUR ÇA QUE BEAUCOUP DE GENS AIMENT LE JAPON.
PEUT-ÊTRE... MAIS MOI JE PRÉFÈRE LES PERSONNES RÉELLES.
TU ES PLUTÔT DU GENRE SAUVAGE ALORS.
C'EST LA PREMIÈRE FOIS QU'ON ME DIT ÇA !
AU FAIT, JE SUIS DÉSOLÉ POUR CE QUE GASPARD A FAIT.
T'EN FAIS PAS, C'EST RIEN.
JE N'AURAIS JAMAIS IMAGINÉ QUE ÇA ARRIVERAIT.
JE SUIS DU GENRE SAUVAGE, ALORS J'ÉTAIS FRUSTRÉ.
LES JEUNES ET LEUR HONNÊTETÉ...
EN PLUS, J'AI UN FAIBLE POUR LES HOMMES PLUS ÂGÉS.
AH BON ?
TOI, PAR EXEMPLE, TU ME PLAIS.
MOI ?
OUI, TU ES TOUT À FAIT MON GENRE !

C'EST GENTIL, ÇA.
MAIS N'EN PARLE PAS À DANIEL OÙ IL VA M'ÉTRANGLER.
NE ME REGARDE PAS COMME ÇA.
NON NON
ZIEUTE
ZIEUTE
PFT
PFT ?
ÉCOUTE, TON PÈRE M'A APPELÉ EN RENFORT, ALORS IL NE SE PASSERA RIEN, MÊME AVEC UN GARÇON MIGNON COMME TOI.
PAS COMME AVEC GASPARD.
TU SAIS QUE ÇA M'EXCITE ENCORE PLUS D'ENTENDRE ÇA ?
VAS-Y DOUCEMENT OU TU VAS LE REGRETTER.
TROP COOL !
BRUNO...
TU CONNAIS LE VRAI VISAGE DE MON PÈRE ?
CELUI D'UN PAPA GÂTEAU ?
HAHA, C'EST VRAI QU'IL Y A DE ÇA AUSSI, MAIS...

HÉ, TU NE DEVRAIS PAS FAIRE CE GESTE ICI.
AR-RÊTE.
TU AS RAISON.
MAINTENANT QU'ON EST ICI, JE TROUVE LE MUR BIEN TRISTE SANS COULEURS.
ON AURAIT DÛ RESTER À LA EAST SIDE GALLERY.
MOI JE PRÉFÈRE CETTE PARTIE DU MUR, ÇA SEMBLE PLUS AUTHENTIQUE.
LES DEUX SONT AUTHEN-TIQUES, TU SAIS.

ZZZ
ENTRE.
TU AS PU TE REPOSER ?
OUI, MERCI.
TOI NON PLUS TU N'ES PAS INVINCIBLE.
MALHEUREUSEMENT NON.

COMMENT ÇA S'EST PASSÉ AU-JOURD'HUI ?
ON S'EST BIEN AMUSÉS ! ÇA LUI AURA FAIT UNE VISITE ENRICHISSANTE.
SON PASSÉ A L'AIR DE L'AFFECTER PROFON-DÉMENT.
PAUVRE PETIT.
JE NE CONNAIS PAS LES DÉTAILS DE SON HISTOIRE, MAIS...
TU AS DÉJÀ UTILISÉ UN FLINGUE DEVANT LUI ?
ON NOUS A ATTAQUÉS PAR SURPRISE, ALORS JE N'AI PAS EU LE CHOIX.
IL SAIT QUE NOUS SOMMES DANS UNE SITUATION DÉLICATE.
AAH...
QU'EST-CE QUE TU COMPTES FAIRE MAIN-TENANT ?
ILS M'ONT RÉPONDU.
JE VAIS LEUR RE-METTRE RYÛ.

TOUS CES EFFORTS POUR FINALEMENT LEUR DONNER RYÛ ?
J'AI CONFIANCE EN TOI, MAIS JE NE PEUX PAS NÉGLIGER LA POSSIBILITÉ QUE TU SOIS CORROMPU.
ALORS JE NE SAIS PAS SI JE PEUX T'EN DIRE PLUS.
QUOI ?
ET TU M'AS QUAND MÊME CONFIÉ TON GAMIN ?
JE L'AI ÉQUIPÉ D'UN GPS ET D'UN MICRO.
J'AI AUSSI ENGAGÉ UN DÉTECTIVE QUI VOUS A SURVEILLÉS TOUTE LA JOURNÉE.
PAREIL À PARIS.
TU ES TOU-JOURS AUSSI EFFRAYANT COMME GARS...
JE PARIE QUE TU NE TE DÉTENDS JAMAIS, MÊME QUAND TU ES AVEC UNE FEMME.
TOI NON PLUS TU N'ES PAS ALLÉ EN VOIR DEPUIS TROIS JOURS !
AH, LE SALAUD !

ALORS COMME ÇA T'ES SON GENRE DE MEC…
MERCI D'AVOIR ÉTÉ TÉMOIN DE MA VOLONTÉ DE FER.
ÇA NE ME DÉRANGE PAS QUE TU DOUTES DE MOI, MAIS SACHE QUE JE NE SERS QUE D'INTER-MÉDIAIRE.
JE SUIS JUSTE VENU POUR TRANSMETTRE DES INFOS DE LA PART DE KAREN ET COMME TU VOULAIS ME VOIR, JE SUIS VENU.
CROIS-MOI, JE NE DEVIENDRAI JAMAIS L'ENNEMI D'UN PÈRE AUSSI ATTACHÉ À SON GAMIN QUE TOI, C'EST BIEN TROP FLIPPANT.
TU NE T'EN RENDS PEUT-ÊTRE PAS COMPTE, MAIS TU ES ASSEZ EXCESSIF. À PART ÇA, TU ES UNE BONNE PERSONNE.
MERCI POUR TON AMITIÉ.
ON NE PEUT PAS CHANGER L'ISSUE DU PROCÈS ?
LA FRANCE S'EST RETIRÉE DE CETTE AFFAIRE DEPUIS LONGTEMPS, ALORS JE NE PENSE PAS QUE LES VOTES DE SYMPATHIE SUFFIRONT.

NOTRE ADVERSAIRE A BEAU ÊTRE PETIT, IL RESTE UN PAYS.
C'EST JUSTEMENT GRÂCE À ÇA QU'ILS ARRIVENT À DISSIMULER DES PREUVES.
CETTE GUERRE ENTRE VOUS EST ÉGOÏSTE.
VOUS ALLEZ ENCORE CHAMBOULER LA VIE DE RYÛ AVEC VOS QUERELLES D'ADULTES ?
PAUVRE GOSSE. MAIS SI TU PERSISTES, ESSAIES D'EN FINIR UNE BONNE FOIS POUR TOUTES.
TU AS RAISON.
APRÈS ÇA, C'EST TERMINÉ.

Wannsee 21
Alexanderplatz 2.2
Fischerinsel 1.2
JüdischesMuseum 1.0
Schloßplatz 1.4
Gendarmenmarkt 0.6
Krausenstraße
Charlottenstraße
Mo-Sa 09-22h
Après la mort du roi Karl il y a 14 ans lors du coup d'état...
C'est son frère Ivo qui a pris le pouvoir.
OCDE : Organisation de coopération et de développement économiques
Ivo était contre le paradis fiscal qu'avait créé son frère, mais en six ans, les sociétés écran s'étaient multipliées et avaient échappé au contrôle de l'OCDE.
C'est pourquoi l'économie de Leben-Mur se portait mal pendant un temps.
Il aura fallu 5-6 ans à Ivo pour redresser l'économie du pays.
11
BIP
OUVRE
Aujourd'hui, la situation économique de Leben-Mur s'est stabilisée.
Mais le problème qui nous vient tous à l'esprit, c'est la succession de Ivo.

Le fils aîné de Ivo a 15 ans. Il s'appelle Michel et a un an de moins que Ryû.
Au bout du compte, que je leur remette Ryû ou non...
.....
Sa vie sera détruite.

COMMENT TU VAS, RYÛ ?
ÇA VA...
TU T'ES RÉVEILLÉ ?
OUI...
ASSIEDS-TOI ET RACONTE-MOI CE QU'IL SE PASSE.
......
J'ÉTAIS SEUL QUAND JE ME SUIS RÉVEILLÉ ET...
JE ME SUIS MIS À PENSER AU MUR.
AU MUR ?
TOUS MES AMIS SONT AU JAPON, ALORS...
J'AIME BIEN VOYAGER...
MAIS...

ON POURRAIT PAS RENTRER ?
J'AI ENVIE DE PARLER À GON ET AYA...
Ça me rappelle ce que disait Paul...
Les enfants font souvent semblant d'aller bien.
Ils souffrent pour des raisons qui échappent aux adultes et se replient sur eux-mêmes.
JE SUIS DÉSOLÉ DE T'AVOIR PRIS TON PORTABLE.
JE VAIS TOUT FAIRE POUR QUE TU PUISSES LEUR PARLER.
VRAIMENT ?
Je n'arrête pas de penser ...
OUI.

TU AS PU PARLER...
À LA FAMILLE DE MAMAN...?
OUI.
À ce que m'a dit Ryôko.
Ryûnosuke sera toujours ta priorité.
QU'EST-CE QU'ILS ONT DIT...?
QU'EST-CE QUE JE VAIS DEVENIR...?
Ça tourne en boucle dans ma tête.
RYÛ...

NE T'EN FAIS PAS.
ÇA VA ALLER.
JE VAIS TOUT FAIRE POUR T'AIDER.
« Un père aussi attaché à son gamin. »
Et alors...?
« Votre relation est loin d'être normale. »
Qu'est-ce que ça peut faire ?

« Il n'y a que Ryû qui compte pour toi. »
En quoi ai-je tort de vouloir le sauver ?

おはよう!
bitte
ビッテ
ありがとう!
ダンケ シェーン
Yes No
CHAP.3

JE VAIS TOUT FAIRE POUR T'AIDER.
TU N'AS PAS À TE PRÉOCCUPER DE ÇA.
D'ACCORD ?

DANS TOUS LES CAS...
JE VAIS FAIRE EN SORTE QUE TU PUISSES UTILISER UN TÉLÉPHONE.
D'ACCORD.
POURQUOI IL RÉAGIT COMME ÇA ?
EST-CE QUE J'AI FAIT QUELQUE CHOSE DE MAL...?
RYÛ AUSSI DEVIENT NERVEUX À CAUSE DU STRESS. JE LUI PARLERAI DEMAIN DE SON DÉPART POUR LEBEN-MUR.
TIENS.

MERCI !
UTILISE LINE OU WHATSAPP, D'ACCORD ?
OK.
Aya, Gon (3)
Ryû, t'es encore en vie ?
T'es parti si soudainement… Et ça m'a fait trop bizarre de voir ta maison rénovée dans le style sud-américain.
Ça ne devrait pas être possible en tant que locataire !
J'ÉTAIS SÛR QUE J'AVAIS DES MESSAGES.
ILS DATENT D'IL Y A UNE SEMAINE (SNIF).
AAH...
Il doit bien y avoir une solution à tout ça.
Même s'il m'arrivait malheur, je suis sûr qu'il trouverait une solution qui lui est propre.
IL PARAÎT QUE LA RÉNOVATION QUI A ÉTÉ FAITE APRÈS LA FUSILLADE EST INCROYABLE, ÇA C'EST DU CAMOUFLAGE !
HA HA HA
J'AURAI DES CHOSES À RÉGLER DEMAIN CONCERNANT LA FAMILLE DE TA MÈRE.
BRUNO T'ACCOMPAGNERA SI TU VEUX SORTIR.
D'ACCORD.

ALI,
PAMELA...

BZZZ
BZZZ
Accept
Decline
JE N'AURAIS JAMAIS CRU RECEVOIR UN APPEL DE TA PART.
J'AI FAIT CE QUE TU M'AS DEMANDÉ, J'AI ENVOYÉ À PATRICE CE QUE TU VOULAIS.
Je ne pouvais demander ça à personne d'autre que toi.
ÇA FAIT UN BAIL...
DOUDOU.

HÉ... ATTENDEZ-MOI !
DÉPÊCHE-TOI.
IL Y A DEUX ÉVACUATIONS D'URGENCE PAR ÉTAGE SUR LE BÂTIMENT EST.
LES ESCALIERS AU FOND À DROITE ET LES TOBOGGANS D'ÉVACUATION DE CETTE CHAMBRE.
FIRE ESCAPE DEVICE FOR EVACUATION
TU M'ÉCOUTES ?
OUI, JE PRENDS JUSTE DES NOTES.
TU AS ÉTÉ BRIEFÉ SUR LES RÈGLES DE SÉCURITÉ AU CENTRE DU CHÂTEAU, N'EST-CE PAS ?
EUH... OUI, ON LES A VUES HIER...
......
FLAP FLAP

JE NE TRAVAILLERAI PLUS ICI LA SEMAINE PROCHAINE, ALORS J'ESPÈRE QUE TU ASSURERAS LA RELÈVE.
AAH...
SALUT.
ALORS, TU PENSES QUE CELUI-LÀ SERA COMPÉ-TENT ?
JE NE COMPRENDS PAS POURQUOI LA GARDE SPÉCIALE VEUT RECRUTER DES GENS QUI NE PARLENT PAS ALLEMAND.
JUSTEMENT, ÇA LES ARRANGE.
ILS NE VEULENT PAS D'OREILLES QUI TRAINENT...
ELI, L'OFFICIER DABOUTA T'APPELLE.
JE TE REMPLACE, VAS-Y.

ELI EST ENCORE APPELÉ ? C'EST LE CHOUCHOU DE LA HIÉRARCHIE OU QUOI ?
HÉ OUI.
LA NUIT OÙ HANSKY EST MORT, J'AI VU ELI À UN ENDROIT OÙ IL N'ÉTAIT PAS CENSÉ ÊTRE.
C'EST LOUCHE, NON ?
CERTES, MAIS ÇA NE VEUT PAS FORCÉMENT DIRE QU'IL EST IMPLIQUÉ.
IL AVAIT PEUT-ÊTRE UN RENDEZ-VOUS GALANT AVEC UN MEMBRE DE LA FAMILLE ROYALE.
CE N'EST PAS TROP SON GENRE POURTANT.
EN TOUT CAS, SON REGARD EST GLAÇANT PARFOIS.
CE CHÂTEAU A L'AIR PAISIBLE VU DE L'EXTÉRIEUR, MAIS EN RÉALITÉ, LES MEMBRES DE LA FAMILLE ROYALE DISPARAISSENT OU SE FONT TUER.
C'EST ENCORE PLUS EFFRAYANT DE SAVOIR QUE TOUT CELA SE PASSE DANS L'OMBRE. J'AI HÂTE QUE MON MANDAT SE TERMINE POUR PARTIR D'ICI.

JE N'AIMERAIS PAS ÊTRE LÀ S'IL Y A UN NOUVEAU COUP D'ÉTAT COMME IL Y A 14 ANS.
LE ROI IVO NOUS FAIT L'HONNEUR DE SA PRÉSENCE. TU ÉCOUTERAS AU FOND DE LA PIÈCE.
PARDONNEZ MON INTERRUPTION.
ENTRE, JE T'EN PRIE.
TU VAS BIEN, ELI ?

JE VAIS ALLER À L'ESSENTIEL. DANS TROIS JOURS, NOUS ALLONS RÉCUPÉRER UN GARÇON SUR LE PONT D'ALTE BRÜCKE.
UNE FOIS QU'IL NOUS AURA ÉTÉ REMIS, IL FAUDRA ÉLIMINER LA PERSONNE QUI L'ACCOMPAGNE.
C'EST UN FRANÇAIS AUX CHEVEUX NOIRS, DANIEL GAMBLIN.
NOUS AVONS CONVENU QU'IL VIENNE SANS ARMES, MAIS IL EST FUTÉ, ALORS IL FAUDRA ÊTRE VIGILANT.
TU TIRERAS UNIQUEMENT LORSQUE NOUS SERONS ASSEZ ÉLOIGNÉS, MAIS NE LE TUE PAS D'UN COUP.
TU DEVRAS L'IMMOBILISER POUR NE PAS QU'IL S'ENFUIE. UNE FOIS QUE NOUS AURONS CONFIRMÉ SON IDENTITÉ, TU POURRAS L'ACHEVER.
COM-PRIS.
JE ME CHARGE-RAI DE NOUS DÉ-BARRAS-SER DU CORPS.
JE L'EMMÈNERAI DANS UNE BOUCHERIE ET J'EN FERAI DU STEAK HACHÉ.

DANIEL GAMBLIN EST UN TERRORISTE POUR NOTRE PAYS.
MAIS SOIS RASSURÉ, CETTE MISSION N'AURA AUCUN IMPACT NÉGATIF SUR TA CARRIÈRE.
D'AC-CORD.
OUF...
C'EST FOU, TU AS ENTENDU CE QU'IL A DIT ? L'EMMENER DANS UNE BOUCHERIE POUR EN FAIRE DU STEAK HACHÉ ?
QUEL CONTRASTE AVEC SON VISAGE D'ANGE...
SON MANDAT SE TERMINE DANS UNE SEMAINE, ALORS JE VOULAIS LUI CONFIER UNE TÂCHE DIGNE DE CE NOM.
MERCI KATE POUR TA COOPÉRATION.
C'EST NORMAL, JE N'AURAIS JAMAIS CRU QU'IL ME RECONTACTERAIT...
ALORS C'ÉTAIT ÉVIDENT POUR MOI DE VOUS EN PARLER.

JE N'EN ATTENDAIS PAS MOINS DE TOI. J'AI TOUJOURS EU PLUS CONFIANCE EN TOI QU'EN MON PROPRE FRÈRE.
MERCI, MAJESTÉ.
MOI AUSSI JE SUIS DÉTERMINÉE À PROTÉGER NOTRE PAYS.
NOUS DEVONS FAIRE TABLE RASE DU PASSÉ.
DES BEAUX GOSSES...
くりくりっ
BOBOM

*Boîtes de nuit techno à Berlin.

J'AI L'IMPRESSION QUE JE VAIS EXPLOSER !!
JE VEUX DU SEXE !!
DU CALME, RESSAISIS-TOI.
BRUNO
C'EST À CAUSE DE MON POTE, REGARDE CE QU'IL M'A ÉCRIT.
possible en tant que locataire !
Je peux enfin vous parler, comment vous allez ? Moi ça va pas du tout, je suis trop en manque !
C'est encore le matin ici tu sais, mais je suis content que tu ailles bien. T'es en Allemagne, non ? Il doit bien y avoir des lieux de drague gay, tu devrais y aller !
Mais t'as raison !
JE ME SUIS DIT QU'IL AVAIT CARRÉMENT RAISON !
JE TIRE UN TRAIT SUR TOI BRUNO, ALORS LAISSE-MOI ALLER VOIR DES MECS...
POUR ÇA, IL FAUDRA DEMANDER À TON PAPA CHÉRI.
C'EST NON, C'EST ÇA ?!
Finalement...
Il me dit ça quand je suis concentré à élaborer une stratégie pour l'échange avec Leben-Mur...
JE VAIS DEVENIR FOU...
Mais je préfère encore qu'il soit dans un club... Ça me rassure...
AH, LA JEUNESSE...
La demande de Ryû a été entendue.

CHAP.4

Qu'est-ce que tu es fort Alex, encore un effort !
Très bien !
Tu marches bien maintenant, c'est un nouveau record !

C'est tout pour aujourd'hui mon chéri.
Déjà...?
Ma reine, c'est bientôt l'heure.
GRAB
Merci Anna.
OH HISSE !
En plus ta maman ne devrait pas tarder à rentrer !
À demain Alex, passe une bonne nuit.

Chris...
Nous devons rentrer.
Maman...
Tu aimes beaucoup Alex ?
Pourquoi tu me demandes ça ?
On dirait que c'est ton préféré...

Mais non, voyons... Je vous aime tous autant les uns que les autres.
HUMPF
Mais ce sera toujours toi mon petit préféré !
Arrête !
Même pas en rêve !

ALLEZ, VISE LE TRIPLE 20 !
MAIS NON JE PLAISANTE, T'ES TROP NUL AUX FLÉCHETTES DE TOUTE FAÇON !!
PFF, C'EST CE QU'ON VA VOIR.

ON VA RENCONTRER LA FAMILLE DE TA MÈRE DEMAIN.

DEMAIN...?
OUI.
NOUS AVONS CHOISI UN LIEU POUR DISCUTER.
TU SERAS TEMPORAIREMENT SOUS LA GARDE DE TA MÈRE.
COMMENT ÇA...?
COMME JE NE SUIS PAS UN MEMBRE DE LA FAMILLE, JE NE POURRAI PAS PARTICIPER À LA DISCUSSION.
JE N'AI AUCUNE AUTORITÉ PARENTALE...
ALORS JE SUIS OBLIGÉ DE TE CONFIER À ELLE.
TOUS LES DOCUMENTS DONT TU AURAS BESOIN SONT DANS LA BANANE LAISSÉE PAR TA MÈRE.
GARDE-LA TOUJOURS AVEC TOI.
ET TOI, QU'EST-CE QUE TU VAS FAIRE...?
ON M'A DIT QUE JE POURRAIS REVENIR DEUX JOURS PLUS TARD.
ALORS JE VIENDRAI TE CHERCHER DANS DEUX JOURS.

ON A ÉCHAPPÉ À LA MORT COMME DANS DIE HARD ET ON A SURVÉCU COMME JASON STATHAM, MAIS...
OUI ET C'EST EXACTEMENT POUR ÇA QU'ON VA S'EN SORTIR.
VOUS PARLEZ PAR ÉNIGMES OU QUOI ?
DANS LE PIRE DES CAS, MÊME SI LES CHOSES VENAIENT À MAL TOURNER SELON TOI...
TU AURAS TOUJOURS UNE ÉCHAPPATOIRE TANT QUE TU SERAS VIVANT.
QUANT À MOI, JE FERAI TOUT CE QUE JE PEUX POUR T'AIDER.

N'OUBLIE JAMAIS ÇA.
Gleis 1
MERCI BRUNO, À BIENTÔT.
OUI, C'ÉTAIT SYMPA, VENEZ ME VOIR LA PROCHAINE FOIS !
SANS FAUTE !
ON N'A QU'UNE VIE APRÈS TOUT ! BON COURAGE POUR LA SUITE !

RYÛ.
OUAIS ?
PUBLIC
TU NE POURRAS SÛREMENT PAS T'AMUSER QUAND TU SERAS DANS LA FAMILLE DE TA MÈRE, TU VEUX ALLER EN BOÎTE ?
HEIN ?
T'ES SÛR ?!
TU ES FRUSTRÉ, NON ?
EUH... OUI, MAIS...
SI UNE FOIS LÀ-BAS TU COMMENCES À AGUICHER N'IMPORTE QUI OU À TE BALADER TOUT NU, TU VAS T'ATTIRER DES ENNUIS.
ATTENDS, QUELQUE SOIT MON DEGRÉ DE FRUSTRATION, JE NE FERAIS JAMAIS ÇA ! TU ME PRENDS POUR QUI ?! ET BIEN SÛR QUE JE VEUX ALLER EN BOÎTE !
JE SUIS EN EFFET TRÈS FRUSTRÉ, JE PEUX VRAIMENT Y ALLER ?
JE VOIS QUE TU AS L'AIR DÉSESPÉRÉ.
PAPA

TU PEUX Y ALLER, MAIS JE VIENS AVEC TOI.
SI TU TROUVES QUELQU'UN À TON GOÛT QUI A L'AIR SÛR...
JE T'ATTENDRAI À L'EXTÉRIEUR PENDANT UNE HEURE.
MAIS J'AIMERAIS QUE TU ÉVITES LA DROGUE ET LES PLANS À PLUSIEURS.
JE NE VIENDRAI PAS CONTRÔLER CE QU'IL SE PASSE À L'INTÉRIEUR...
ALORS J'ESPÈRE QUE TU PRENDRAS LES PRÉCAUTIONS NÉCESSAIRES.
POURQUOI TU ME LAISSES AUTANT DE LIBERTÉ TOUT À COUP...?
MERCI, MAIS...
SI TU T'INQUIÈTES AUTANT, TU N'AS QU'À VENIR DANS LA DARKROOM AVEC MOI...
JE SUIS PEUT-ÊTRE UN PAPA SURPROTECTEUR, MAIS TE VOIR FAIRE DES CHOSES AVEC UN INCONNU N'A RIEN DE RASSURANT.

AAH...
QUI SAIT QUELLES MALADIES ON POURRAIT TE TRANSMETTRE...
PLUTÔT QUE D'AVOIR AFFAIRE À UN INCONNU, JE PRÉFÈRERAIS PRESQUE FAIRE ÇA AVEC TOI.
Comme ça, je n'aurai pas de soucis à me faire.
JE CONNAIS UN ENDROIT À NEUKÖLLN QUI POURRAIT TE PLAIRE, ALLONS-Y.
QU'EST-CE QU'IL Y A ?
TU VIENS ?
.....
PA...
PAPA... ON...
ON POURRAIT FAIRE ÇA...
DE QUOI ?

EH BIEN...
ON...
ON POURRAIT...
LE FAIRE ENSEMBLE...
QU'EST-CE QUE TU RACONTES, C'ÉTAIT UNE BLAGUE VOYONS.
C'ÉTAIT JUSTE UNE FAÇON DE PARLER.
ALLEZ, ON Y VA.

DANKE...
JE SAIS BIEN QU'IL N'ÉTAIT PAS SÉRIEUX...
JE N'AURAI JAMAIS CETTE CHANCE.

HÉ, Y'EN A QUI COMMENCENT À S'INTÉRESSER À TOI, TU RESTES OU TU SORS ?
J'attends quelqu'un.
SALUT.
MAIS IL A ACCEPTÉ QUE JE VIENNE ICI.

PEU IMPORTE AVEC QUI JE LE FAIS.
CE TYPE POURRAIT FAIRE L'AFFAIRE.
IL N'A PAS L'AIR LOUCHE ET IL ME PLAÎT BIEN.

Foto verboten

QU'EST-CE QUI TE PREND..?!
C'EST BON, NON...?
.....
DÉSOLÉ MAIS ON S'EST DISPUTÉS ET C'EST POUR ÇA QU'IL T'A INVITÉ.
QUOI ?!
C'EST MON COPAIN.
QUOIII ?!
NON, C'EST PAS VRAI !! QU'EST-CE QUE TU FOUS ?!
JE TE JURE QUE C'EST FAUX !! JE LE CONNAIS MÊME PAS !!
ATTENDS PAPA !!
HÉ !!
POURQUOI T'ES INTERVENU ?! T'ÉTAIS D'ACCORD, NON ? QU'EST-CE QU'IL TE PREND ?
POURQUOI TU REVIENS SUR TA PAROLE ? T'EN FAIS TOUJOURS QU'À TA TÊTE !!

PENSE UN PEU À MOI !!

QU'EST-CE QUE T'AS ?!
C'EST QUOI LE PROBLÈME...?

CHAP.5

QU...

QUOI...?
QUOI...?

AT-
TENDS
...
VOUS
VENDEZ
DU LUBRI-
FIANT ?
OUI.
JE VAIS
VOUS EN
PRENDRE
UN.
AT-
TENDS...
ON VA
OÙ...?
ON
RENTRE.

MAIS JE N'AI MÊME PAS EU LE TEMPS DE...
PIZZA
Biscafé
TU AS BIEN DIT QUE ÇA NE TE DÉRANGERAIT PAS QU'ON LE FASSE ENSEMBLE, NON ?
OUI...
Biscafé
MAIS...
QU'EST-CE QUE...
TU RACONTES...?
Je suis égoïste.

Je n'en fais toujours qu'à ma tête...
Lorsqu'il s'agit de protéger Ryû.
PAPA, TA MAIN...
C'est comme ça.
Et pourtant, ce que je redoutais le plus...
LÂCHE-MOI.
Est en train d'arriver.
Buckow
Britz
J'ai remar-qué que par-fois...

Sans crier gare...
Tu essayais de cacher tes émotions.
Tu devenais silencieux, tu tremblais...
Et comme si tu ne voulais pas que je le remarque, tu devenais complètement...
Inexpressif.
Quand j'y pense, je ne me souviens pas exactement depuis quand...
Tu as commencé à me cacher tes émotions.

QU'EST-CE QU'IL Y A PAPA ? TU VAS MOURIR DEMAIN OU QUOI ?!
NON, JE NE VAIS PAS MOURIR.
ENFIN, JE NE CROIS PAS.
ALORS POURQUOI...?
Pour te protéger.
~~Parce que c'est dangereux.~~
~~Parce que je suis ton père.~~
TOUTES CES PHRASES SONNENT FAUX.
JE TE COMPRENDS, RYÛ...
C'EST DIFFICILE DE DISSIMULER SES ÉMOTIONS.

TU DEVRAIS ME DIRE PLUS SOUVENT CE QUE TU PENSES VRAIMENT.
OK.
DANS CE CAS...
JE PEUX TE PRENDRE LA MAIN ?

Tout ça ressemble
à une malédiction.
FSHAA...
J'AI RÉUSSI
À LE FAIRE
RENTRER,
MAIS...

*Référence à Fullmetal Alchemist.

CRII
TOUT CE QUE JE VEUX, C'EST...
ÇA VA PAPA ?
NE ME DIS PAS QUE TU AS CHANGÉ D'AVIS...
NON, NE T'EN FAIS PAS.
EST-CE QUE... TU VAS RÉUSSIR À BANDER...?
JUSTEMENT, J'ÉTAIS EN TRAIN DE PENSER À ÇA...

TU SAIS...
Les miracles de la génétique.
TU ES VRAIMENT UN BEAU GARÇON.
QU'EST-CE QUE TU RACONTES ?!
OUAH !
TU ES SÛR QUE ÇA VA...?
MOI ?
BIEN-SÛR !
AU CONTRAIRE...
ÇA VA MÊME TRÈS BIEN !
TU NE RECULES JAMAIS DEVANT RIEN ET C'EST ÇA QUE J'AIME CHEZ TOI, RYÛ.
JE SAIS QUE TU PRENDS SUR TOI PAPA, ALORS JE VAIS TOUT FAIRE POUR QUE ÇA SE PASSE BIEN.

TOI AUSSI TU DOIS ÊTRE FRUSTRÉ, TU N'AS VU PERSONNE DEPUIS QU'ON A QUITTÉ LE JAPON.
ON AURAIT PU FAIRE ÇA PLUS SOUVENT.
AT-TENDS ...
JE FERAI LE MOINS DE BRUIT POSSIBLE...
ALORS FERME LES YEUX...
ET IMAGINE QUE JE SUIS UNE FEMME.
JE NE SUIS PLUS UN GAMIN ET C'EST PEUT-ÊTRE COMPLIQUÉ D'IMAGINER UNE FEMME...
ALORS JE NE TE FERAI PAS SENTIR MON SEXE.
RYÛ...
CHUT...

NE PENSE PLUS À MOI.
JE VAIS ARRÊTER DE PARLER.
AH

FAITES...
QU'IL NE CHANGE PAS D'AVIS...
RIEN QU'UN PETIT MO-MENT...

CHAP.6

J'AI ENVIE DE L'EM-BRASSER, MAIS...
J'AI PEUR QU'IL N'AIME PAS...
LES PARTIES DOUCES DE MON CORPS.
SMACK
SMACK

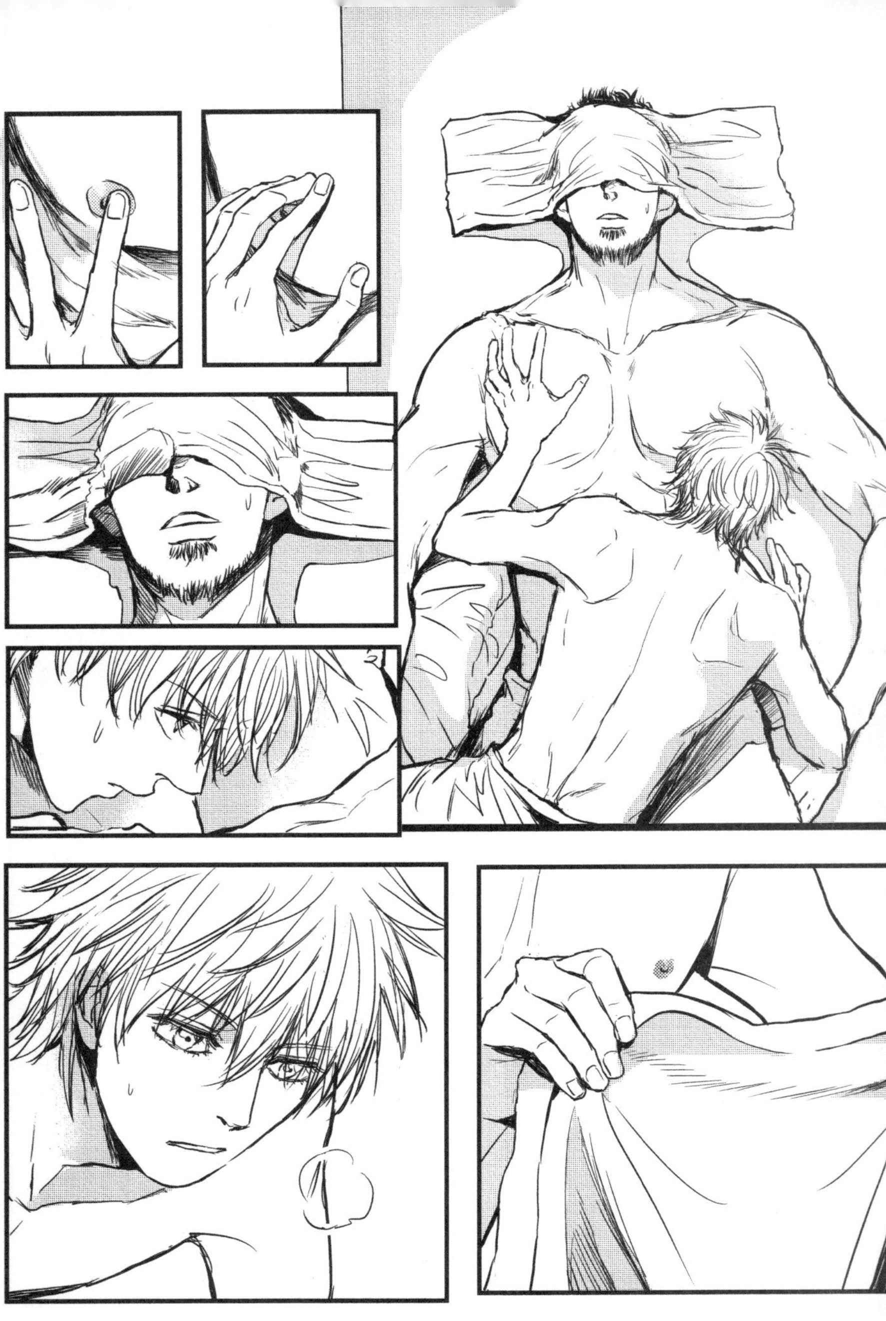

RYÛ...
SMACK
ちゅっ

OH NON !
FIXE
JUSQU'OÙ VA-T-IL...
OUF...
......

IL ME CARESSE LES CHEVEUX...
MÊME EN FAISANT ÇA...
HEIN ?

OUF...
IL BANDE...
AH...
N'AR-RÊTE PAS DE BAN-DER...
SI JE CONTI-NUE COMME ÇA...
SI JE CONTI-NUE...
AH...
COMME ÇA...

AH...
NH !
AH...
FUU...
......

AH !
NH...
CROUIC
CROUIC
AH !
AH...
AH...

NE REGARDE PAS !

LAISSE-MOI TE REGARDER.
MAIS...
TOUT VA BIEN.

AAH !

EST-CE QUE ÇA VA ?
OUI...
AH...

QU'EST-CE QU'IL Y A ?
NON...
TU AS MAL ?

ÇA VA.
TOUT VA BIEN.
TU N'AS RIEN FAIT DE MAL.

TOUT EST DE MA FAUTE.
NON...
CE N'EST PAS VRAI...

Tu n'as pas besoin d'en faire autant, tu sais.
Reste toi-même.

PARDON...
PARDONNE-MOI.

入国審査
Immigration
Avec quels
sentiments...

As-tu vécu pendant tout ce temps...?

LE PONT D'ALTE BRÜCKE SE TROUVE DANS UNE PETITE VILLE À LA FRONTIÈRE DE LEBEN-MUR.
LE CENTRE-VILLE EST À DEUX KILOMÈTRES DU PONT, C'EST UN ENDROIT PLUTÔT FRÉQUENTÉ ET APPRÉCIÉ DES TOURISTES.
C'EST UNE ZONE BIEN SÉCURISÉE.
EST-CE QUE ÇA VA ?
OUI.
NE SOIS PAS EN COLÈRE CONTRE TA MÈRE.
JE SUIS SÛR QU'ELLE A DU COEUR.

PAPA.
ON RECOUCHERA ENSEMBLE QUAND ON SERA RENTRÉS AU JAPON ?
SI TU VEUX.

BONJOUR DARIUS, ÇA FAIT UNE ÉTERNITÉ.
OUI, ÇA FAIT LONG-TEMPS.
TU AS BIEN GRANDI, ALEX.
TU NE DOIS PAS TE SOUVENIR DE MOI… JE SUIS IVO, TON ONCLE.
EN-CHANTÉ.
TU DOIS ÊTRE FATI-GUÉ.
NOUS AVONS BEAUCOUP DE CHOSES À NOUS RA-CONTER, MAIS NOUS ALLONS Y ALLER DOUCEMENT.
À DANS DEUX JOURS, DARIUS.
OUI.
VAS-Y.
JE VIENDRAI TE CHERCHER DANS DEUX JOURS.

PAR ICI.

CLAC

BANG !
BANG !

PAPA !
PAPA !!
BANG !
BANG !

Un peu d'aventure avant de passer au tome suivant.
DANIEL ET LES TESTICULES PHILOSOPHALES.
Cette histoire de testicules est une fiction, j'espère que vous apprécierez l'image.
?
Ryû à l'époque...
CAILLOU
UN MOUCHOIR...
Où il perdait tout ce qu'il mettait dans ses poches.
ÉCOUTE-MOI BIEN, RYÛ.
IL Y A LONGTEMPS, MOI AUSSI J'AVAIS L'HABITUDE DE REMPLIR MES POCHES AVEC TOUT ET N'IMPORTE QUOI.
J'AVAIS MÊME DÉTACHÉ MES TESTICULES POUR LES METTRE DEDANS.
HEIN ?
Mais un jour, l'un d'eux avait disparu.
QUOI ?!
POCHE
POCHE
Il avait mis son testicule droit dans la poche droite et ainsi de suite.

VOILÀ TOUT LE BORDEL...
LES CLÉS DE LA MAISON, UNE PIÈCE, UN CAILLOU, UN BRETZEL QU'ON M'AVAIT DONNÉ, LA PHOTO D'UNE FEMME...
QU'IL Y AVAIT DANS MA POCHE.
MAIS TOUT COMME TOI, J'UTILISAIS DAVANTAGE MA POCHE DROITE.
LE TESTICULE GAUCHE ÉTAIT INTACT...
TESTICULE
ROULE
コロ コロ
METRO
FWIP
コロン
TESTICULE DROIT
C'EST POURQUOI IL AVAIT DÛ TOMBER QUAND JE CHERCHAIS MES CLÉS, UN BRETZEL OU AUTRE.
À L'ÉPOQUE, QUAND J'AVAIS DEUX OBJETS IDENTIQUES, ÇA NE ME DÉRANGEAIT PAS D'EN PERDRE UN. IL ME RESTAIT LE TESTICULE GAUCHE, ALORS JE NE M'EN SOUCIAIS PAS PLUS QUE ÇA.
KATCHAC
ガタン
ガタン
KATCHAC
KATCHAC
ガタン
KATCHAC
ガタン

Mais contrairement à ce que je pensais, ce fut un vrai coup dur pour lui.
TESTICULE
Le testicule gauche pleura le droit toute la soirée.
DEPUIS QUAND LES TESTICULES PLEURENT ?!
PAPA
ILS PLEURENT QUAND LA TRISTESSE EST TROP GRANDE.
Quand je me suis réveillé, mon caleçon était trempé.
On dirait que tu t'es pissé dessus !
Quand j'ai enlevé mon pantalon, j'ai vu mon testicule gauche complètement épuisé.
Il avait maigri et avait perdu sa vitalité. Il commençait à devenir violet et sa masse fondue ressemblait à une guimauve.
JE N'EN AI PLUS POUR LONGTEMPS... ÇA VEUT DIRE QUE TOI AUSSI TU ES PROCHE DE LA MORT.
TU DOIS LE SAVOIR, MAIS NOUS NE FORMONS QU'UN TOUS LES TROIS. ON PEUT AUSSI RAJOUTER TON PÉNIS.
TESTICULE GAUCHE
Pour la première fois de ma vie, je me suis dit que la situation était grave.
CHEVEUX AU RÉVEIL
C'est ainsi que je suis parti à sa recherche.

Après avoir cherché dans l'entrée, au parc, à l'école et dans les escaliers, je l'avais enfin trouvé !
Mon testicule droit avait été amené par quelqu'un jusque dans un café de Montmartre !
Quand je suis arrivé, un chat était en train de jouer avec.
STOP
!!
M'ignorant royalement, mon testicule dégringola la pente après avoir été frappé par le chat.
SLAP !
WHOOSH
Roulant à toute vitesse, il dépassa le Moulin de la Galette et le Passe-Muraille.
Depuis l'enfance, mon testicule droit avait toujours été incon-trôlable.
MAIS IL NE FAUT PAS OUBLIER QU'IL ÉTAIT FAIT DE CHAIR ET DE SANG...
ET IL ÉTAIT BLESSÉ.
FREEZE...

Arrivé au Moulin Rouge, mon testicule rencontra un autre testicule abandonné qui errait dans la ville.
ROUGE
TESTICULE DE DANIEL
IL N'Y A PLUS RIEN À FAIRE LORSQUE DEUX TESTICULES SONT SÉPARÉS.
TESTICULE DE QUELQU'UN D'AUTRE
MAIS SI TU AS ENCORE LA POSSIBILITÉ DE RENTRER, RENTRE.
TESTICULE DE QUELQU'UN D'AUTRE
SI TU RETOURNES À TON PROPRIÉTAIRE, TU VIVRAS D'INTENSES MOMENTS DE JOIE.
UN TESTICULE NE PEUT SURVIVRE SEUL.
VOILÀ CE QUI ARRIVERA SI TU UTILISES TES POCHES...
ALORS PRENDS UN SAC !
D'ACCORD...
Tu aimes vraiment les histoires d'horreur, Daniel.
HÉHÉ
Tu sais que j'y ai vraiment cru ?
Par peur de retrouver son testicule épuisé, Ryû n'utilisa plus jamais ses poches.
Faisons attention !
FIN.

Désolé tout le monde, c'est Ryûnosuke ! Oubliez cette histoire de testicule épuisé.
TADAAM
Nous voici dans les bonus !
Au fait, c'est déjà le volume 3 ! Désolé de ne pas écrire plus !!
TOUT FRAIS
Bonus - La vie c'est comme dans One Two Pants
*Chanson japonaise pour les enfants où des animaux défilent en cul
Mon père a toujours protégé ses arrières. Il aura fallu attendre douze ans après la sortie du premier tome pour le voir enfin enlever son caleçon.
Je suis sûr qu'il l'enlève plus facilement devant les femmes qu'il connaît.
Malgré l'impénétrabilité de ce BL, il a survécu pendant plus de sept ans. Sérieusement ?
Dans ce cas, enlevons encore une fois à Daniel son caleçon !

PAPA ! ON A DU TEMPS À PERDRE, SI ON SE BATTAIT DANS LA BOUE POUR MUSCLER NOS CORPS ?
Vêtements qu'il a empruntés pour se déguiser.
SI TU VEUX, MAIS C'EST QUOI CES HABITS ?!
SLIP
AH !
La lutte dans la boue est un sport de combat qui se pratique dans la boue.
Comme la boue est très visqueuse, on peut s'attendre à ce genre de happenings pour les plus talentueux. C'est un sport à fort potentiel érotique.
FIGHT !!
DING
GRAB
OUAH !!
SPLAAASH

SPLASH
PRENDS ÇA !!
AAH !
WHOOSH
AH !
AH !
ET ÇA !!
SPLAAASH
Et encore ça !!
AAAAH !

Les testicules étaient sains et saufs ! Yes !!

*Le concombre représente le cheval pour que les ancêtres arrivent rapidement dans leur famille et l'aubergine représente le bœuf pour qu'ils repartent lentement, chargés de cadeaux.

Papa Assassin - Dans le prochain volume.
Ryûnosuke se retrouve dans sa vraie famille où la reine Kate l'attend.
Un débat controversé éclate également entre les soba et les udon.
La nourriture japonaise est chère !!
Tu voulais manger des udon, non ?!
Ah... Les mystères de la cuisine japonaise. Un peu machiste à mon goût.
Je voulais aussi manger des soba !!
Ce ne sont pas des pénis !
Tu es sûre que ça va ?
Je ne pensais pas qu'il pouvait y avoir autant de contraste entre l'origine de notre naissance et notre éducation.
J'y comprends rien...

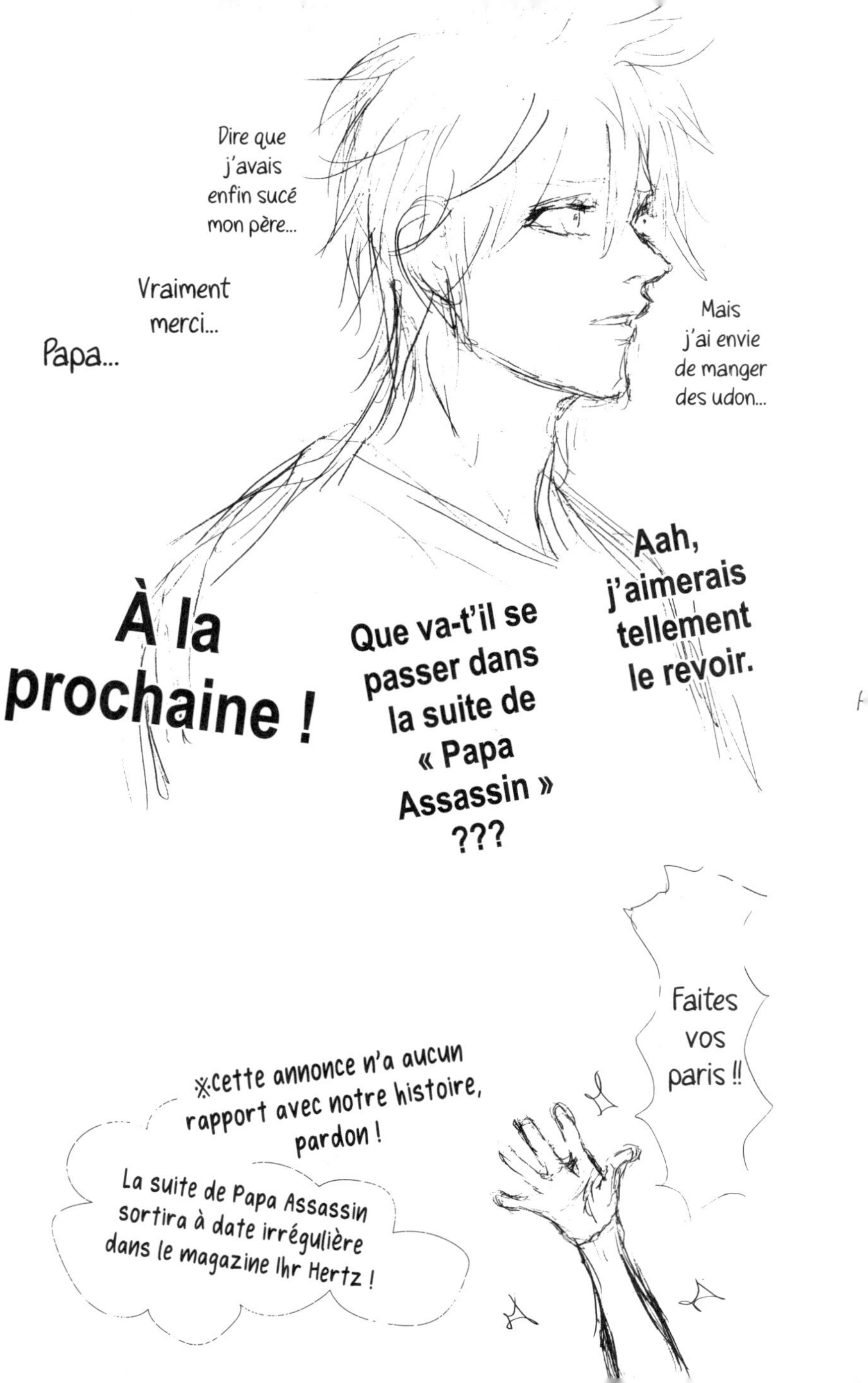

Mais j'ai envie de manger des udon...
Dire que j'avais enfin sucé mon père...
Vraiment merci...
Papa...
Aah, j'aimerais tellement le revoir.
Que va-t'il se passer dans la suite de « Papa Assassin » ???
À la prochaine !
Faites vos paris !!
※cette annonce n'a aucun rapport avec notre histoire, pardon !
La suite de Papa Assassin sortira à date irrégulière dans le magazine Ihr Hertz !

Papa's Assassin. vol.3

HANA

www.boys-loves.fr

Traduit du japonais par Leonore Carrascosa
Maquette : Justine Mouron
Correction : Guillaume Quemar
Relecture : Lili
Responsable Editorial & Production : Tony Mr P

Dépot légal : Mai 2024

ISBN 978-2-38276-223-3

Imprimé en Italie par L.E.G.O. S.p.A